The Silly Chicken

O GŁUPIUTKIEJ KURCE

Idries Shah

Once upon a time, in a country far away, there was a town, and in the town there was a chicken, and he was a very silly chicken indeed. He went about saying "Tuck-tuck-tuck, tuck-tuck-tuck, tuck-tuck-tuck." And nobody knew what he meant.

Of course, he didn't mean anything at all, but nobody knew that. They thought that "Tuck-tuck-tuck, tuck-tuck-tuck, tuck-tuck-tuck" must mean something.

Dawno, dawno temu, w dalekiej krainie leżało pewne miasteczko. W miasteczku tym mieszkała sobie kurka. Była to doprawdy bardzo głupiutka kurka! Całymi dniami człapała po miasteczku, wołając głośno „kokokokoko" i nikt nie wiedział, co to znaczy.

Oczywiście tak naprawdę nie znaczyło to zupełnie nic, lecz inni mieszkańcy nie mieli o tym pojęcia. Wszyscy sądzili, że „kokokokoko" musi coś oznaczać.

Now, a very clever man came to the town, and he decided to see if he could find out what the chicken meant by "Tuck-tuck-tuck, tuck-tuck-tuck, tuck-tuck-tuck."

First he tried to learn the chicken's language. He tried, and he tried, and he tried. But all he learned to say was "Tuck-tuck-tuck, tuck-tuck-tuck, tuck-tuck-tuck." Unfortunately, although he sounded just like the chicken, he had no idea what he was saying.

Then he decided to teach the chicken to speak our kind of language. He tried, and he tried, and he tried. It took him quite a long time, but in the end, the chicken could speak perfectly well, just like you and me.

Któregoś dnia do miasteczka zawitał pewien niezwykle mądry człowiek. Chciał się przekonać, czy zdoła rozszyfrować, o co też tej kurce chodzi, gdy tak woła w kółko „kokokokoko".

Postanowił tedy nauczyć się kurzej mowy. Próbował i próbował i próbował, lecz na koniec i tak umiał powiedzieć tylko „kokokokoko". Niestety, chociaż brzmiał zupełnie tak jak kurka, nie miał pojęcia, co powiedział.

Stwierdził zatem, że może lepiej spróbuje nauczyć kurkę ludzkiej mowy. Próbował i próbował i próbował. Zajęło to mnóstwo czasu, lecz wreszcie kurka nauczyła się mówić zupełnie dobrze, tak samo jak ja i wy.

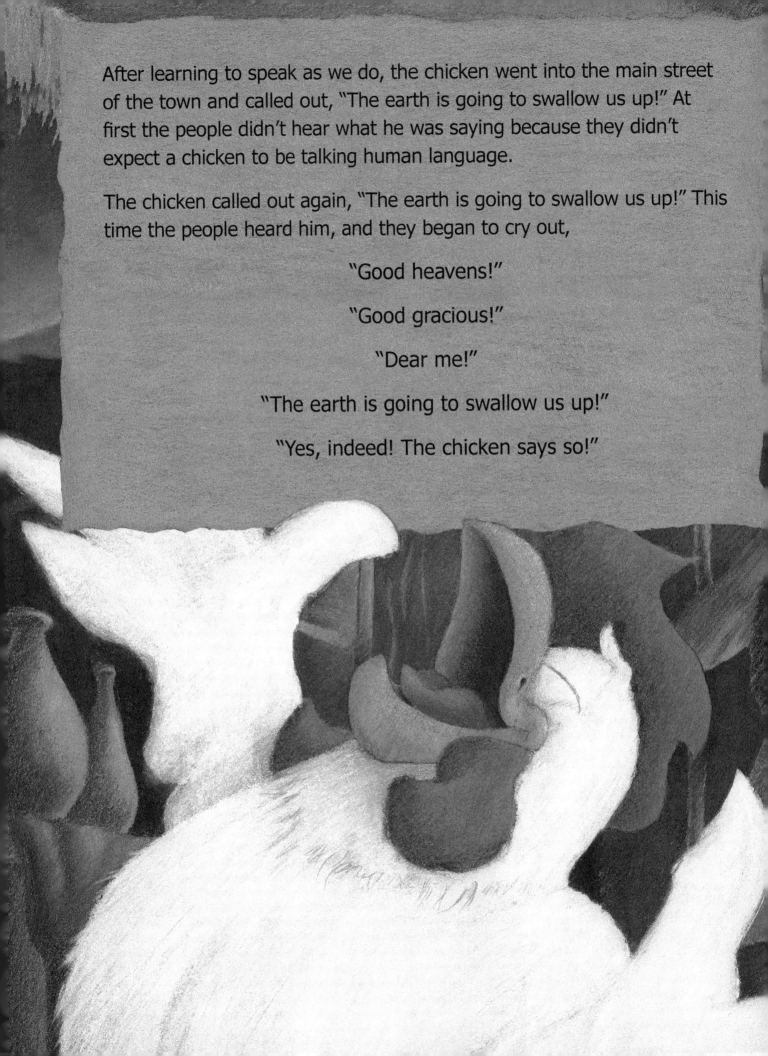

After learning to speak as we do, the chicken went into the main street of the town and called out, "The earth is going to swallow us up!" At first the people didn't hear what he was saying because they didn't expect a chicken to be talking human language.

The chicken called out again, "The earth is going to swallow us up!" This time the people heard him, and they began to cry out,

"Good heavens!"

"Good gracious!"

"Dear me!"

"The earth is going to swallow us up!"

"Yes, indeed! The chicken says so!"

Gdy kurka nauczyła się już mówić równie dobrze co i my, stanęła na środku głównej ulicy miasteczka i zawołała:

– Ziemia nas pochłonie, ziemia nas pochłonie!

W pierwszej chwili ludzie nie dosłyszeli, co powiedziała, bo nie spodziewali się, że kurka może mówić tak jak człowiek.

Po chwili jednak znowu wykrzyknęła:

– Ziemia nas pochłonie, ziemia nas pochłonie!

Tym razem ludzie już ją usłyszeli i zaczęli lamentować jeden przez drugiego.

– Wielkie nieba!

– Na miłość boską!

– Jeju, jeju!

– Ziemia nas pochłonie!

– Tak będzie, tak będzie, kurka tak mówi!

Thoroughly alarmed, all the people packed up their most precious things and began to run to get away from the earth.

Zatrwożeni, w pośpiechu spakowali najcenniejszy dobytek i rzucili się biegiem, by umknąć przed ziemią, zanim ich pochłonie.

They ran from one town
to another.

Uciekali od jednego miasteczka
do drugiego.

They ran through the fields and into the
woods and across the meadows.

Uciekali przez pola, przez lasy i przez łąki.

They ran up the mountains
and down the mountains.

Wbiegali na zbocza górskie,
i z nich zbiegali.

They ran down the world and up
the world and around the world.

Biegli w dół, i w górę,
i dookoła świata...

They ran in every possible direction. But they still couldn't get away from the earth.

Biegali na wszystkie strony, lecz mimo to nie zdołali uciec od ziemi, która miała ich pochłonąć.

Finally they came back to their town. And there was the chicken, just where they had left him before they started running.

"How do you know the earth is going to swallow us up?" they asked the chicken.

"I don't know," said the chicken.

At first the people were astonished, and they said again and again, "You don't know? You don't know? You don't know?"

And they became furious, and they glared sternly at the chicken and spoke in angry voices.

"How could you tell us such a thing?"

"How dare you!"

Wreszcie wrócili do miasteczka. Po powrocie zastali kurkę dokładnie
w tym samym miejscu, w którym zostawili ją, gdy sami rzucili się
w te pędy do ucieczki.

– Skąd wiesz, że ziemia nas pochłonie? – zapytali kurkę.

Ona zaś odpowiedziała:
– Nie wiem tego.

W pierwszej chwili mieszkańcy tak mocno się zdziwili,
że powtarzali tylko jeden przez drugiego:
– Nie wiesz tego, nie wiesz tego, nie wiesz tego?

Lecz po chwili wpadli w furię i spojrzeli na kurkę srogo.
Zewsząd rozległy się rozgniewane głosy:
– Jak mogłaś powiedzieć nam coś takiego?

– Jak śmiałaś, jak śmiałaś?

"You made us run from one town to another!"

"You made us run through the fields and into the woods
and across the meadows!"

"You made us run up the mountains
and down the mountains!"

"You made us run down the world and up the world and around the world!"

"You made us run in every possible direction!"

"And all the while we thought you knew the earth was going to swallow us up!"

– To przez ciebie biegaliśmy w dół,
i w górę, i dookoła świata!

– To przez ciebie biegaliśmy na
wszystkie strony!

– I przez cały ten czas myśleliśmy,
że ty wiesz, że ziemia nas
pochłonie!

The chicken smoothed his feathers and cackled and said, "Well, that just shows how silly you are! Only silly people would listen to a chicken in the first place. You think a chicken knows something just because he can talk?"

At first the people just stared at the chicken, and then they began to laugh. They laughed, and they laughed, and they laughed because they realized how silly they had been, and they found that very funny indeed.

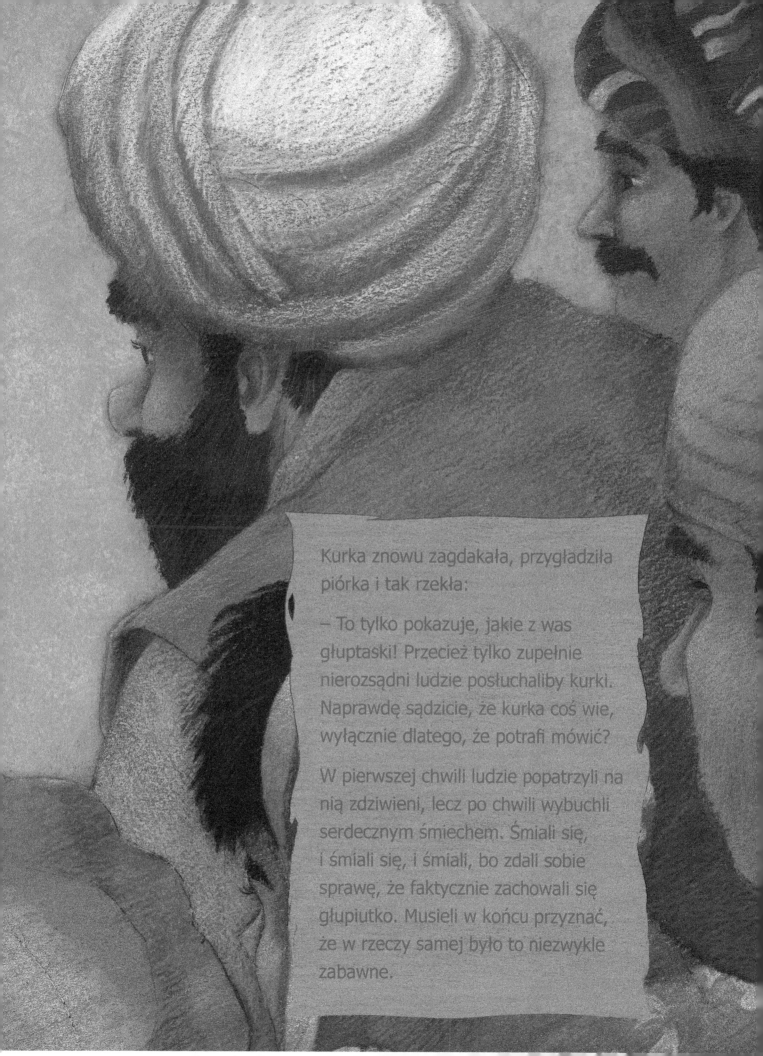

Kurka znowu zagdakała, przygładziła piórka i tak rzekła:

– To tylko pokazuje, jakie z was głuptaski! Przecież tylko zupełnie nierozsądni ludzie posłuchaliby kurki. Naprawdę sądzicie, że kurka coś wie, wyłącznie dlatego, że potrafi mówić?

W pierwszej chwili ludzie popatrzyli na nią zdziwieni, lecz po chwili wybuchli serdecznym śmiechem. Śmiali się, i śmiali się, i śmiali, bo zdali sobie sprawę, że faktycznie zachowali się głupiutko. Musieli w końcu przyznać, że w rzeczy samej było to niezwykle zabawne.

After that, whenever they wanted to laugh they would go to the chicken and say, "Tell us something to make us laugh."

And the chicken would say, "Cups and saucers are made out of knives and forks!"

The people would laugh and say, "Who are you? Who are you?"

And the chicken would reply, "I am an egg."

The people would laugh at this, too, because they knew he wasn't an egg, and they would say, "If you're an egg, why aren't you yellow?"

Po tej przygodzie ilekroć chcieli się pośmiać, udawali się do kurki i prosili:
– Ach, powiedz nam coś, co nas rozbawi!

I kurka mówiła:
– Filiżanki i spodeczki zrobione są z noży i widelców!

Na to ludzie wybuchali serdecznym śmiechem i pytali:
– A kim ty jesteś? Kim jesteś?

A kurka na to:
– Jestem jajkiem, jestem jajkiem!
I ludzie dalej śmiali się i śmiali, bo wiedzieli, że kurka przecież nie była jajkiem.

A gdy zapytali:
– Skoro jesteś jajkiem, to czemu nie jesteś cała żółta?

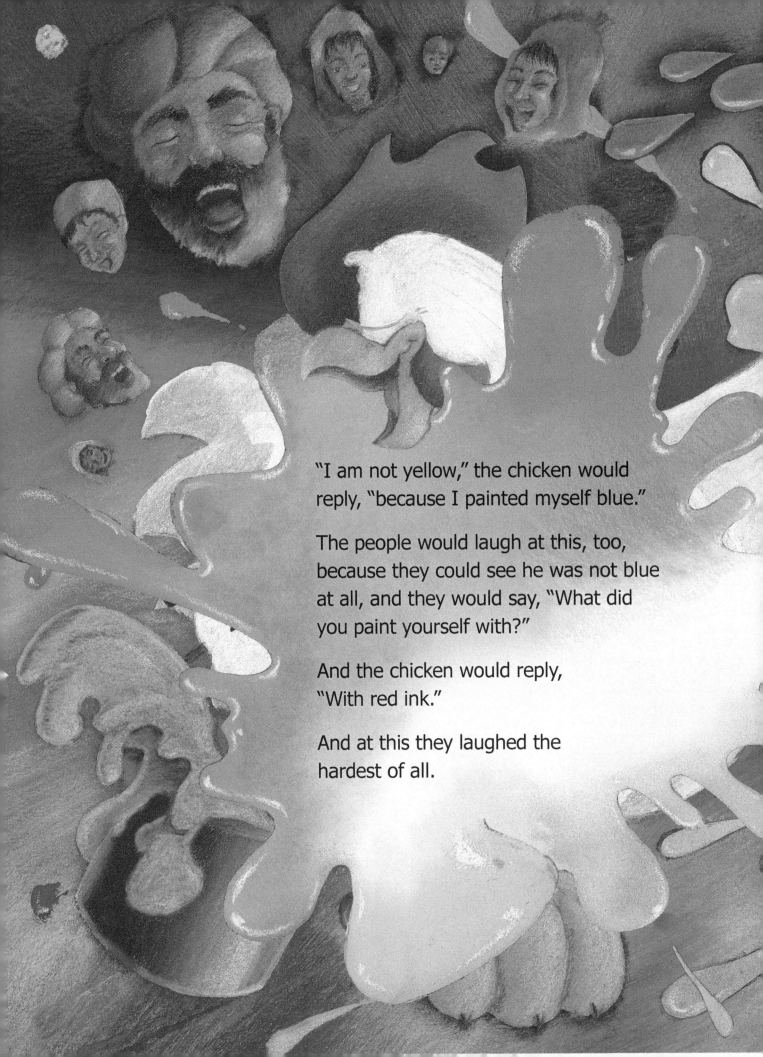

"I am not yellow," the chicken would reply, "because I painted myself blue."

The people would laugh at this, too, because they could see he was not blue at all, and they would say, "What did you paint yourself with?"

And the chicken would reply, "With red ink."

And at this they laughed the hardest of all.

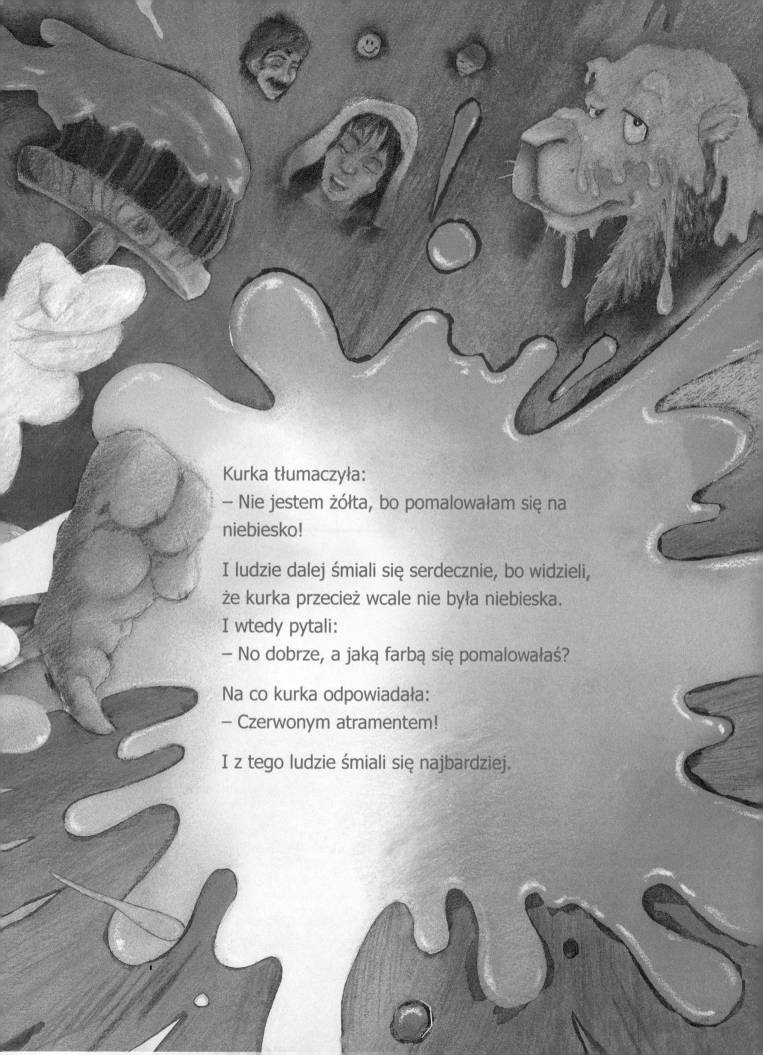

Kurka tłumaczyła:
– Nie jestem żółta, bo pomalowałam się na niebiesko!

I ludzie dalej śmiali się serdecznie, bo widzieli, że kurka przecież wcale nie była niebieska.
I wtedy pytali:
– No dobrze, a jaką farbą się pomalowałaś?

Na co kurka odpowiadała:
– Czerwonym atramentem!

I z tego ludzie śmiali się najbardziej.

And now people everywhere laugh at chickens and never take any notice of what they say — even if they can talk — because, of course, everybody knows that chickens are silly.

And that chicken still goes on and on in that town, in that far-away country, telling people things to make them laugh.

To dlatego teraz ludzie na całym świecie śmieją się z kurek i nigdy nie biorą na poważnie tego, co kurki mówią – nawet jeśli te potrafią mówić tak jak ludzie. Bo, jak wszyscy przecież wiedzą, kurki są bardzo, ale to bardzo głupiutkie!

Kurka, o której tutaj mowa, do dziś przechadza się po tym samym miasteczku daleko, daleko stąd, opowiadając ludziom co i rusz zabawne rzeczy, z których zaśmiewają się do łez.

www.hoopoebooks.com

OTHER TITLES BY IDRIES SHAH FOR YOUNG READERS:
INNE KSIĄŻECZKI IDRIESA SHAHA DLA MŁODYCH CZYTELNIKÓW:

The Farmer's Wife / ***O żonie farmera***

The Clever Boy and the Terrible, Dangerous Animal /
O bystrym chłopcu i strasznym, niebezpiecznym zwierzątku

The Lion Who Saw Himself in the Water /
O lwie, który zobaczył siebie w wodzie

Neem the Half-Boy / ***O Neemie Półchłopcu***

Fatima the Spinner and the Tent / ***Prządka Fatima i namiot***

Oinkink / ***Chrum-chrum***

The Bird's Relative / ***Krewny ptaka***

The Spoiled Boy With the Terribly Dry Throat /
Chłopczyk z okropnie suchym gardziolkiem

For the complete works of Idries Shah, visit:
Pełna lista książek Idriesa Shaha znajduje się tutaj:
www.Idriesshahfoundation.org

First English Hardback Edition 2000, 2005
English Paperback Edition 2005, 2011, 2015
This English-Polish Paperback Edition 2022

www.hoopoebooks.com

Published by Hoopoe Books,
a division of The Institute for the Study of Human Knowledge

ISBN:978-1-958289-08-2

The Library of Congress has catalogued a previous English language only
edition as follows:

Shah, Idries, 1924-
    The silly chicken / written by Idries Shah ; illustrated by Jeff Jackson.— 1st ed.
    p. cm.
    Summary: A Sufi teaching tale of a chicken that has learned to speak as people do and
spreads an alarming warning, which causes the townspeople panic without first consider-
ing the messenger.

    ISBN 1-883536-19-7
    [1. Folklore.] I. Jackson, Jeff, 1971- ill. II. Title.

PZ8.S336 Si 2000
398.22--dc21
[E]
                                                                99-051506

CPSIA information can be obtained
at www.ICGtesting.com
Printed in the USA
LVHW071637120423
744162LV00009B/254